O Rio na Parede

O Rio na Parede

Gil Felippe

Ateliê Editorial

Copyright © 2012 Gil Felippe

Direitos reservados e protegidos pela Lei 9.610 de 19.02.1998.
É proibida a reprodução total ou parcial sem autorização,
por escrito, da editora.

Dados Internacionais de Catalogação na Publicação (CIP)
(Câmara Brasileira do Livro, SP, Brasil)

Felippe, Gil
  O Rio na Parede / Gil Felippe. – Cotia, SP:
Ateliê Editorial, 2012.

  ISBN: 978-85-7480-586-3

  1. Contos brasileiros   I. Título

11-09164   CDD-869.93

Índice para catálogo sistemático:
1. Contos: Literatura brasileira   869.93

Direitos reservados à

ATELIÊ EDITORIAL
Estrada da Aldeia de Carapicuíba, 897
06709-300 – Granja Viana – Cotia – SP
Telefax: (11) 4612-9666
www.atelie.com.br
contato@atelie.com.br

Printed in Brazil   2012
Foi feito o depósito legal

*Dedico a
Luciano Esteves,
Lia Fukui,
Isabel Alexandre e
Jorge Afiune – eles
sabem porque!*

SUMÁRIO

Nota 11

A Cama 13

Luz Azul. 15

Cara de Cal 19

De Madrugada 21

O Copo Vazio 23

O Rio na Parede 25

Plano Inclinado 27

Sem Joaquina 31

Terno Vermelho 35

Uísque com Gelo 39

A Claridade, Agora 43

Luz Difusa 45

A Viagem 47

Ácidos Nucleicos 51

Sensação de Desagrado 55

Ponto Negro, Negro 57

À Noite, na Esplanada 59

Cicatriz Vermelha, no Cinza 61

Marca Roxa, Doída 63

Melodrama 65

Presente 69

Vinho Tinto Italiano 73

Os Outros 77

E o Ano Novo então Começou. 79

A Melhor Idade 83

NOTA

Alguns destes contos foram publicados em um caderno *Campari com Gelo* pela Editora Massao Ohno, antes de uma boa temporada na Escócia. Voltei da Escócia, passei anos em Campinas, voltei para São Paulo. Agora posso rever esses contos com um outro olhar – o olhar da "melhor idade"?

A CAMA

Quando entrou, percebeu toda a tragédia. Uma reunião familiar. Por que aquilo tinha de acontecer um dia? Na sala, com os olhos nele, a mulher, a sogra e a irmã. Da mulher. Que queriam dele estas três mulheres, parecendo harpias? Quando começaram a falar, falavam as duas ao mesmo tempo, menos a sogra. Esta escancarava a boca enorme sem dentes. O mundo todo caberia lá dentro. Mas, meu Deus, será que ela ficou muda? Não sai nada dessa caverna? A língua mexia sem parar, parecendo querer saltar fora...

As outras duas falavam, falavam. Cansadas de ficar em casa. Viajar. Queriam viajar. Falavam as duas. Afinal se decidiu: iriam passar aquele fim de semana fora. Decidido elas se calaram; a sogra com muita calma fechou a boca. Saiu da sala e foi apanhar as coisas de que necessitava para se divertir. Tudo metido na maleta foi ao encontro das outras na calçada. Cada uma com sua maleta e sérias. A sogra com a boca aberta. Por que será que tem de ficar sempre assim? sem um som. No pescoço um grosso cordão que estava amarrado na cama. E a cama dependurada nas costas da sogra – a cama dela. Aquele maldito vício dos velhos – onde ia, ia com a cama às costas, nunca se acostumara a dormir em cama alheia, doíam-lhe os ossos, os rins, e depois a cama era dela e se ela ia por que a cama não deveria ir também. E ia sempre.

É gozado (ou triste) como a gente se lembra pouco das pessoas depois que morrem. Não fica nada, tudo é devorado, corpo desaparece, alma se tem não se vê, fisionomia, gestos, tudo some. A única imagem, quando lembrava da sogra, bem o que ele lembrava era a imagem, não a sogra. Aquela boca enorme, sem dentes, a língua dançando lá dentro, e a cama dela – bendita cama – dependurada nas costas.

LUZ AZUL

Do fundo da panela de ferro a luz azul jogava as sombras das plantas secas no forro branco. Bolas de sombra pintando o seu céu. Quadros nas paredes traziam recordações. Paredes forradas de pinturas. Cada qual, sua história. Uma lembrança. Agradável... Tanta coisa lembravam. Os livros amontoados pelas estantes, outro aberto, no chão. O barulho rítmico da geladeira, o som do despertador, o ronco do elevador. Barulho forte do movimento da rua. Lá embaixo. Livros, papéis na mesa. O calendário, de mesa. Poeira preta cobrindo tudo. Junto do terraço o armário, feio, desajeitado. Na cozinha não entrava, não cabia lá dentro. No banheiro solidão de uma só toalha. Apartamento de solteiro. Luz azul, sentado na cama via as sombras no teto, no seu céu. Trabalhava o dia todo. Lá era bom. Sala grande, ar muito ar, árvores verdes, altas, e céu de verdade. Jantava sempre só, sem ninguém. Entrava, via a panela de ferro fazendo de abajur, a toalha no banheiro. Ficava triste. Atirava tudo na mesa, arrancava a roupa. O banho era a distração. Abria a torneira. A água esquentava.

Chuveiro bem forte. Água molhando os cabelos, escorrendo pelo corpo. Colocou o xampu na mão. Ensaboou a cabeça. Pensava em amor, em carinho. Água correndo, moleza gostosa. Dava impressão de ter acabado de fazer sexo. Esticava o braço, apanhava a esponja, o gel de banho. No cabelo só espuma. A esponja fazia amor em seu corpo. Ensaboava o peito, as costas. Depois as pernas. Agora era só espuma. A água escorrendo pelo corpo, a espuma sumindo, sumindo. Esfregava com força a toalha pelo corpo. Ativar a circulação: o médico dizia que fazia bem. Passava desodorante nas axilas, penteava os cabelos. Fazer a barba por que? Sem sentido. Bobagem. Bobagem termo científico. Sentiu calor, vestiu uma bermuda. Olhando a rua lá embaixo, fumava. Sem pensar, só fumava. A estação do metrô, ônibus, gente voltando para casa. Para casa! Parecia impossível, mas tinha gente que voltava para casa. Tinham casa. Ele não. Apartamento de solteiro. No terraço as tartarugas dormiam. Quatro. Eram a companhia dele. Argentinas. Lembrava do casal do Amazonas. Pequenas, vermelhas. Gostava delas. Falava com elas. Elas o reconheciam. Carne fresca, bem desfiada. Elas gostavam. Depois o frio de São Paulo. Até ele estranhava. As tartarugas sentiram, um dia… mortas. Atirá-las fora? Sem coragem. Depois, estas. Argentinas, verdes. Nem ligavam para o frio, nem ligavam para ele. Apanhou uma revista. Folheou. Mulheres bonitas. Homens musculosos. Tudo bonito, feliz. Na revista. Jogou a revista. Passos. Luz azul, só a luz azul. Hora difícil, da luz azul. Transformava-se. Os pensamentos sempre. Bioquímica, nomes de homens, nomes em latim. Reações químicas. Ele. Sempre sozinho. Tinha medo. Medo de amar. Muita gente entrava. Depois saía. E ele continuava só. Isso era amor? Divertimento? Aventura? Bem, amor não era. Perigo? só se amasse. Sombras no teto. Via as pinturas. Lembrava. Novo meio de cultura amanhã. Crescimento de bactérias. O artigo. Precisava ler o artigo. A luz, o livro. Com cuidado leu, anotou. Luz azul de novo. Sombras no seu céu. Céu de sombras, não de estrelas. Nunca lirismo, nunca amor. Mudar as pinturas. Acabar recordações. Jogar fora todos os livros. Nunca mais ler. Ler para quê? Não ouvir música. Televisão esquecida no canto, sem reflexos da luz azul. Não ter amigos mais. Não falar. Não pensar. Como? A tartaruga passeava pelo terraço. Parecia contar os mosaicos pequenos. Ou olhava as cores? Contornou o botijão de gás, agora canteiro de plantas. Plantas tristes, sem flores. Nunca davam flores. Sempre morrendo. Pela tristeza do apartamento? O ronco do elevador. Passos no corredor. Campainha tocando. No apartamento ao lado. De manhã entrava a arrumadeira. Limpava e desarrumava tudo. Precisava pôr tudo no lugar. Às vezes, punha. Ir ao cinema, sair. Sair para quê? Aumentar a tristeza pela tristeza dos outros? Aumentar a tristeza pela alegria dos outros? Trazer alguém para o apartamento? Para ir embora depois. Mas, era bom. Fosse embora depois. Se ficasse virava o inferno. Não mais só, não ter solidão. Mas, aí ia querer ficar só e não poderia. Outra pessoa mexendo pelo apartamento, dia e noite. Não, o apartamento era pequeno. Melhor como agora. Vinha, mexia em tudo. Dava prazer, ia embora. Melhor assim. Ter alguém para conversar. A mão em seus cabelos. Sua mão, um corpo excitante, novo, percorrendo. Boca gulosa, vontade de beijar. Almofada no sofá antigo. Bonito. De sua avó. Madeira e palhinha desbotada. Jornais abertos perto da almofada. Vela apagada no banco tosco de madeira. Passava de carro quando viu o toco. Limpou, lixou. Depois serrou. Encerou. Era a mesinha nova. Pôs a vela em cima. De manhã, acordava. O corpo doía sempre. Não de dormir, da forma desajeitada do colchão velho. A cama com coberta azul, bem azul. Escolhera o azul. Sapatos, chinelos debaixo da cama espiavam. Nenhum outro para companhia. Chegavam, e logo iam. Nunca, ficavam. Luzes acesas nos apartamentos em frente. Mas, não via gente. Estariam vazios? Luzes acesas? Tirou a bermuda. Deitou na cama azul. Apagou a luz. As sombras das plantas secas no forro branco não mais. Luz azul, só amanhã. E sempre.

CARA DE CAL

Filme difícil. Não entendera. Boa fotografia. Bom desempenho. Boca sensual da atriz. Atriz do momento. Cabelos loiros. Diferente. Não entendera. Nada. Nada. Discutir amanhã no trabalho. Entender a simbologia. Não acreditava que ainda houvesse filmes com simbologia. Um novo prazer intelectual.

Olhou o relógio. Ainda cedo. Encontrar alguém, ver um amigo, ônibus vazio. Desceu na Vergueiro. Apertou o botão do elevador. Mulher gorda desceu no terceiro. Cabelos loiros, atriz do momento. Tocou a campainha. Esperou.

A conversa. Conversa desejada. Falou, discutiram. Sabe o quê? *O Processo* do Kafka. Lera fazia anos. Precisava reler. Qual o sentido? A lógica, a mensagem? No jornal aberto, no chão, notícias. Crimes. Fim de mês chegando, os exames. Cansaço de biologia, de física. Não perder o ano por faltas. Colégio fraco. Pavor do vestibular que chegava. Levantar sempre cedo, estudar, estudar. Cansado. Depois do vestibular, quinze dias de férias. Bom seria. Praia, não no

Rio, não em São Vicente. Lugar sossegado, praia deserta. Ele e ninguém. Na última vez Salvador. Tantos primos lá. Enchera o quarto de coisas de lá. Na Ilhabela acampara. Há três meses. Com um amigo. Um chato. Usava calças largas para esconder as pernas finas. Levara a barraca, latarias. Sapatos folgados. O amigo um chato. Medo de dormir no chão, na barraca. Dizia que os pés doíam, mas descalço, não andava. Sapato fino, de cidade. Um inferno. Nunca mais. Sozinho. Ir para casa. Conversa longa, ficara tarde. Desceu.

Cachimbo, no chão. Coração ainda saltava. Nem visitou a geladeira. Arrancou a roupa, puxou o lençol. Luz acesa, copo com água para molhar a boca. Medo por quê? Mas, foi medo, ainda medo. Sem controle. Coração apressado, o tremer da mão. Batimento cardíaco lá em cima. A pressão? Quem se importa com pressão numa hora destas? Descia a rua da Consolação. Chuva fina, talvez garoa. Sombras negras no chão. De árvores velhas. Não via nada, nem a rua. Lembrava a conversa, pensava no filme. Rente às casas. De longe pareceu notar brancura no vão da casa. Não percebeu mais. Distraído. De repente aquilo bem junto: cara pálida, bem branca, completamente branca. Pintada? Cara de cal. Velho, bem velho, enrugado, magro. De impressionar. E a cara branca. Pavor súbito, olhos arregalados. Não pôde conter, um grito subiu pelo corpo. Saiu forte, estridente, reboando pelo sossego da rua. Não pensou em nada. Gritou. Alucinado, correu. Na cara branca os olhos saltaram assustados também. Ele corria, olhava para trás, corria. O grito de novo subindo. Chegar em casa. Não ver nunca mais a cara de cal. As escadas, subiu correndo. Olhava o teto. A luz amarela fraca do teto. Por que o medo? Não sabia. Ritmo normal do coração.

Sonhou, com quem? Com a cara pálida? Não. A atriz do momento. A dos cabelos loiros.

DE MADRUGADA

Pouca gente na imobiliária. Pouca gente na rua. Meio dia. Cidade pequena do interior. Sempre assim, sem assunto, parada, morta. No seu cantinho na imobiliária ela ia comendo. Nada mais para fazer. Ninguém para falar. Só a comida. Da pequena vasilha de plástico, alguma coisa grudada nos dedos era lambida gulosamente. Nesse momento uma felicidade de estômago aflito que se enche refletia em seu rosto.

Na rua passou o poeta. O poeta de versos nunca publicados. Passos largos, desequilibrados. Olhava o poeta. Pouca gente passava pela rua. Pela imobiliária. Poucas casas à venda. Crise. Poucas casas para alugar.

Tirou um lenço do bolso. Branco. Limpou os dedos. O nariz assoou. Com estrondo. Tudo um ritual, parecia. Novo bocado da vasilha de plástico era retirado. Mecanicamente enfiou na boca. Os próximos dedos. Coitados: voltaram vazios. Limpos. Nus de comida. Meteu-os na boca. Frustração em seu rosto.

Alegria em seu rosto: entrava uma mulher. Amiga. Falavam, falavam. O grande acontecimento do dia. Uma coisa dessas. E naquela cidade.

Tinha sido ainda bem cedo. Logo após a madrugada. Madrugada fria. Bem, o ano todo era frio ali. Cidade alta. Na rua. Em frente à padaria Angélica. Que era da Angélica. Dois tiros. Só. Todo mundo correu. Curioso. No chão abraçados os dois homens. Mortos. Sangue dos dois. Mataram-se. Abraçados. O prefeito. O marido da Angélica. Comentário do dia na cidade. Do mês... do ano. Por quê? Não sabiam. Diziam saber.

A vasilha de plástico foi esquecida. Conversavam. As duas os motivos sabiam. Tão amigos até ali. A briga foi devida à lenha. Lenha para fazer o pão. Lenha da fazenda do prefeito. Lenha queimada. Pão vendido. Dinheiro entrando. E não pagava. O prefeito cobrando. Aquela manhã discutiram. Brigaram. O prefeito atirou. O padeiro atirou. Abraçados caíram. Morreram.

A lenha, não. Fora o pão. Todo dia entregava o pão. O dinheiro nunca recebia. O prefeito não pagava. Aquela manhã o padeiro reclamara. O prefeito não gostara. Brigaram. Abraçados.

Isso o que a cidade sabia. Dizia saber.

Sentada no canto da sala. As mãos cruzadas. Olhos vermelhos. Vestido negro. Angélica pensava. Baixa, gordinha. Feia, até. Meio burra. Mulher do padeiro. Iam bem de vida. Do marido gostava. O prefeito. Via-o todo dia. Nada demais. Via-se todo mundo todo dia naquela cidade. Mas, ninguém sabia de nada. Ela gostava dos dois. Vida calma, sossegada. Aquela manhã. A tragédia. O marido descobrira. Gritara, fizera um escândalo. Falaram, falaram. Discutiram. Ela, só olhando. Esperando. De repente dois tiros. Os dois abraçados. Caídos. Mortos. E abraçados.

Angélica lembrava e não entendia. Chorava.

O COPO
VAZIO

O convite feito, aceitou.

Foram para o seu apartamento. Entraram. Apartamento, nem grande, nem pequeno, em que a confusão de móveis causava insólito efeito. Pousou a pasta em uma banqueta. Depois, com passos largos, ora parando, um CD em uma das mãos, olhava, com olhos não muito curiosos, os quadros pelas paredes.

Ele principiou a preparar dois uísques.

Chegou junto ao tocador de CDs e ficou observando. Depois ligou e rapidamente inseriu o CD. A primeira música encheu o ambiente. Era uma música suave, talvez atormentada, uma antiga canção americana, na voz da Ella Fitzgerald. *The Man I Love*.

Apanhou o copo que ele lhe oferecia, bebeu um gole, e ajeitou-se comodamente sobre a mesa.

Ele sentado, bebia, ouvia distraidamente a música, e observava os movimentos que fazia. A música terminou. De um salto, reiniciou o CD, e voltou para a mesa. Suas pernas eram longas, bem fortes. Suas pernas, sob a luz do apartamento, movimentavam lentamente com a música. O movimento rítmico das pernas era sensual. Hipnotizava. Seguindo este ritmo, com os olhos que não queriam deixar de olhar, ele ia bebendo. Quantos copos? Não sabia. Quantas vezes fora o "the man I love" repetido? Não sabia? As pernas se movimentando sempre, sempre, e o ritmo delas continuava. Seus olhos embevecidos dormiram, e o "the man I love" cada vez foi ficando mais longe.

Acordou com dor de cabeça e com um ruído desagradável a lhe bater nos ouvidos. Era o barulho dos carros na rua. Lembrou-se do "the man I love", mas o CD não estava lá. Olhou, desconfiado para a mesa: um copo vazio, mas aquelas pernas, ah! aquelas pernas tinham sumido, e deixado ao passar a porta do apartamento aberta.

O RIO NA
PAREDE

Entraram. A cozinha era cozinha. O gato abriu o olho, pulou. Uma panela caiu. Do chão batido o pó subiu, dançou. O braço gordo da mulher apontou. A parede. Parede... ou o mar? ou o rio? Peixe, peixe, peixes.

"Veja, aquele maior é o macho." Sorriu o homem que falou. "A fêmea é menor e mais fina. Mais bonita também."

Sentada, na máquina, costurava. Olhava pela janela, um caminhão passou. Na estrada. Ar pesado. Tempestade. O raio – nem viu – entrou pela janela. Susto. Apontava. "Lá, lá, um horror. Tudo furado, arrebentado."

"Vou pescar. Pesco. Gosto. Depois copio tudo na parede. Tem uma vara pra senhora também."

"Quando a minha menina viu, estava caída junto da máquina, costura na mão. O raio sumiu. Acordou. Em cada buraco uma pintura em cima. Até que ficou bonito, não? Ele é só pescar. O raio entrando pela janela, e ele sentado na ponte, pescando."

"Fica pra outra vez. Guardo uma vara pra senhora. Eu vou, meu rio precisa aumentar."

"Um cafezinho. Requentado, mas é bom. Antes era bom. Na estrada tudo era vida. Era caminhão, atrás de caminhão. Nem lembrava da solidão daqui. Matava duzentas galinhas por dia. Era bom. Gosto de matar galinhas, puxo o pescoço da bichinha e já – pronto –, uma alma voou pra Deus. Agora tudo acabou. A estrada como a galinha morreu, mas ela nem alma deixou. Longe a estrada nova. A solidão ficou solidão mesmo. Meu nome ninguém chama, às vezes, sinto que até dele já esqueci. Queria vender, ir para Prata. Mas, não posso. O raio também me furou, quem sabe, e me prendeu aqui. E... depois a parede. Sim, não vou. Seu rio ele não pode deixar."

PLANO INCLINADO

Tábua sobre mesinhas. De alturas diferentes. Em plano inclinado. Na tábua, Danilo deitado. Morto. Morreu de manhã. Cinco meses de hospital. Peixes coloridos por entre algas no aquário. Bem grande, em toda a parede do fundo. Tartaruga dormindo, debaixo da tábua, debaixo do Danilo morto. Macaca preta brincando. Do chão para Danilo. Voltinha sobre ele. O chão de novo. Tábua balançando, Danilo em plano inclinado, deslizando.

Mexendo a geleia de morango sem parar. Como demora. Será que perdi o ponto? Nunca faço doce. Não sei cozinhar. Ir ao museu, gosto. Trabalhar lá o dia todo, é bom. Ver gente. Não sou mulher de cozinha. Virão as velas para o Danilo? É, perdi um irmão. Agora só três. Filoca, mulher feliz. Sem marido para chatear. Sem filho. Só bonita. Viaja. Visita a fazenda, no Paraná.

Danilo em plano inclinado, morto.

Tirar o esmalte das unhas. Vermelho vivo, cor da moda. Ter de ir para a fazenda. Não gosto, mas ter de ir. Medo de cobra, medo do mato. Nenhum divertimento. Só três sócios na fábrica. Não faz diferença. Morto ou vivo. Dá na mesma.

Nove em matemática. Feliz. Adiantado para a idade. Agora fazer bichinhos de cera. Pré-históricos. Tão bonitos. A macaca é mais bonita. Toda preta. Cozinha apertada. Tanta gente. Brincar na sala, muito melhor. Só tio Danilo. E a macaca.

Danilo em plano inclinado.

Danilo tão branco. Parece doente, bem doente. Será pressão 4? Morto? E na tábua? Sem velas, sem nada. Igreja, levar para a igreja. De tarde, só de tarde. Preciso trabalhar. Perdi o cigarro. De noite vou à igreja.

As fotografias, tão boas. Acerto sempre. Boas poses. Revelação de mestre. Sempre feita em casa. Artesanato. Aproveitar o dia. Não preciso mais tratar do Danilo. As irmãs cuidam agora. Cheiro bom da geleia. Pena não ter acabado. Bonitos os bichinhos do garoto. Menino vivo, meu filho. Homem de sorte eu. Mulher bonita, e rica.

Pôr geleia para esfriar. Vou lavar a macaca. Quebrei a unha. Chato! Não esquecer nada, cadernos, livros. Preciso fazer bonito na escola. Adeus.

Fecharam a casa. Casa trancada. Trabalho a tarde toda. Lá dentro os peixes. A tartaruga. Danilo em plano inclinado. Do chão para Danilo, dele ao chão, a macaca.

Luzes acesas nas ruas. Meio escuro. Precisa chover! Carro preto, comprido na porta. Para o Danilo. Igreja tão fria. Sem cafezinho. Cansa a noite toda. Carro preto partiu, vazio.

Danilo na sala, em plano inclinado. Fedia.

Vamos jogar baralho? Vou colocar uma música. Samba, não. Fazer chá. Cheiro vindo da sala. Macaca saiu. Porta fechada. Tenho sono. Vamos deitar.

O RIO NA PAREDE

Noite escura, sem luz. Sala trancada. Danilo? que triste! Danilo fedia, em plano inclinado. A noite toda.

Em plano horizontal, sozinho, Danilo na cova. Sem perigo de escorregar.

SEM JOAQUINA

Dona Liene quer que amanhá eu vá na casa dela. Mas, não posso, porque a Lia vai viajar. E eu não posso deixar a Lia. O dia dela não é amanhá. Mas eu vou assim mesmo. E dona Liene quer que eu vá amanhã. E eu vou domingo. Não avisei antes porque não tenho telefone do lugar onde o senhor trabalhava. Mas, não trabalha mais. E eu esqueci o endereço dela. É para pedir para ela o endereço dela. Passo aqui amanhá e pego. Para ir domingo. Porque amanhá eu vou na Lia. Mas, não é o dia dela. É só porque ela vai viajar. Finada Ana? Não sei... Freira dizendo que não era lá não. Câncer, no hospital do câncer. Para isso existia, dizia. Mas, estava no fim. Fim da finada Ana. Tão doente. Doendo, gemendo. Não podia ficar no hospital do câncer, sem vaga. Ir para outro, o jeito. Nem pensei. Em casa não adiantava. Casa pobre, só quarto. Sem banheiro. E depois, pobre finada Ana, ia morrer mesmo. Não tinha mais jeito não. Freira teimando, noite chegando. Finada Ana gemendo. Coitada. Fazer freira ter pena. E o homem do táxi achando ruim. Ficara em 50 reais, dizia. No marcador. Não sei ler, como ler marcador? Dei tudo que tinha. Como dar 50, tendo só 30? Acabou consentindo: passar a noite lá, no dia seguinte eu fosse buscar. Sem falta! Quarto limpo, chão brilhando. Diferente do chão que eu encerava. Lençol branco, cama macia. Bom para finada Ana. Morrer decente. Olhando finada Ana, pensava: tão limpo aqui, é aqui mesmo que você vai morrer. Não voltei lá não. Mudei de casa, fui para outro bairro. Sem deixar endereço. Soube pela vizinha. Num dia de visita... Carro do hospital tinha me procurado. Para ir buscar finada Ana, então finada mesmo. Não fui. Tive medo de encrenca. Finada Ana, geladinha na geladeira. Já mais de ano. Devem ter enterrado. Não sei. Ou na mão de estudantes... Outro dia me chamaram. Mas, não finada Ana. Não sabe onde moro. Sabia da Vila Munhoz, mas não de Guaianazes. Como pode me procurar? não sabe para onde fui. Ou finada Ana, agora fantasma, não precisa de endereço para procurar? Na semana passada chamaram três vezes. Voz não sei de quem. Não da finada Ana. Estava sentada na beira da cama. Volta do trabalho. Dia todo na rua. Dando duro. Chamou lá do quintal. Estava escuro, tive medo. Mas, não da finada Ana. Da irmã da viúva, desapareceu em Mato Grosso. Coitada. Mais de ano. Caiu na água, índio comeu. Não perguntei nada, tive medo. Mãe da menina que batizei. Prometeu casar com ela, não casou. Nasceu a menina. É a terceira assim. Me convidou para madrinha. Tive de ir ao interior. Por isso faltei uma semana. José de padrinho. Cada um num trem. Não quero mais ele, não. Doente e ciumento. Casar no civil não casei. Só religioso. Não gosto dele, nunca gostei. Gostava do irmão. Na igreja apareceu ele. Casei. Por quê? Não sei. Depois os filhos. Ele doente. Cuido dele. Senão o que vão pensar de mim? Lavo a roupa. Cuido. É meu marido. Só de religioso, mas é. Sempre alguém em casa. Finada Ana, a irmã da viúva, a viúva. Que fazer? Me procuram. Não sei dizer não. Agora chegou uma prima. Sem marido. Quatro filhos. Tão doente, coitada. Era tão bom no seu Ivani. Fazia o que entendia. Ele gostava. Agora não sei não. Aquela mulher veio morar com ele. Começou a implicância. Casou? Meu moleque quer ir para o exército. O peste. Não foi se alistar ainda. Ainda acaba na cadeia, dando atrapalhação. Tem ataque como o pai. Não venho quarta-feira. Não dá tempo de secar. Já vou.

Reabriu o livro. Silêncio gostoso no ouvido. Falando sem parar a empregada, e esfregando roupa. Agora o sossego. Quinta, não. Iria para a rua, para o inferno. Inferno, lugar feliz. Sem Joaquina.

TERNO
VERMELHO

Lá fora o sol guinchando. Dentro só o frio. Calma da rua, no céu o ronco de um helicóptero. Um carro. Passava, suavemente. Cabeça estalando, como se fosse pleno verão. Tomar uma aspirina. A cesta cheia de lenços. De papel. E o nariz incomodando. Gripe. Em casa. Como em criança. Por trás da porta, televisão gritando. Divertimento deles agora. A voz dos pais. Antigamente sem barulho da televisão. Televisão não queriam. Barulho quem fazia era a avó. Sempre fazendo barulho, sempre. Uma dorzinha, um berreiro. Uma alegria, um barulhão. A cidade grande tão diferente. Custou, mas se acostumou. Morar com estranhos. A universidade. Novo ambiente. Novo tipo de vida. Novos amigos. Gostava, vivia. Conheceu tanta coisa. E voltava. Sempre correndo. Fugindo. Na televisão, jogo de futebol. Os comentários, as vozes na sala. Sorrindo na fotografia. Terno vermelho. Devia estar frio. Como hoje. Quando foi mesmo? Devia ter cinco anos. Não tinha senso de orientação. Como agora. Sempre se perdendo. Como agora. A avó dera o alarme. Ninguém tinha visto, ninguém. Reboliço. O choro da mãe. Correria. Tão bonitinho de vermelho, dizia a avó. Nas férias do pai, na fazenda. O poço um perigo. Olharam, examinaram. Nada. Alívio geral. Onde então? Na estrada, na mata. No pomar. No curral. Em nenhum lugar. Desespero. Por entre o mato, andando. Depois, sem saber voltar. O rosto arranhado. Pelos espinhos. Chorava. Na estrada de terra um rapaz. De bicicleta. Não conhecia. Perguntou. Só chorava. Resolveu levar para a cidade. E ele foi. Na entrada da fazenda a avó. Alegria do reencontro. Dele. Dela. De todos. Tantos anos já. Saía com a equipe de trabalho. Entrava mato adentro. O cerrado. A mata ciliar. Para trabalhar. E dava duro. Mas, nunca sabia voltar. Os outros que se arrumassem. Uniforme escolar. Ele ria. E a irmã? Cabelos pretos, longos. E soltos. E os olhos pretos. Parecida com a avó! Dizia a avó. Peito chiando, lenço de papel. Cesta transbordando. A mãe doente. Passando mal. A avó preocupada. Médico não resolvendo. Fazer uma promessa, decidiu a avó. E fez. Ele seria anjo de procissão. Três vezes. E a mãe sarou. Cumprir a promessa. Parecia fácil, pensava a avó. Foi até a igreja. Viu o vigário. E o problema surgiu. Anjo não podia. Anjo é só menina. Mas, é promessa! Não adianta. Anjo só menina. Inocente, só menina. Ideia do padre. Três anos. Era inocente. Hoje, não. Até a fé perdera. Cabelos cresceram. Fizeram o vestido. E grandes asas. De penas de ganso, brancas. Tão bonitas as asas. De mãos dadas com a avó. Na procissão. Contente. Feliz. A avó sorria. De contente. Da promessa. De pensar no vigário. Novamente anjo, segunda vez. De mãos dadas com a avó. Divertido lembrar da terceira! Ninguém desconfiava. Nem o padre. E ele era anjo. Baixinho, falou com a avó. Vontade de fazer xixi. Levantou o vestido, ali mesmo fez. Sorrisos das Filhas de Maria. Descoberta do sexo do anjo. O padre viu. Não gostou. A avó sorria. Vencera. Fora anjo três vezes. Como prometera. Desobedeceu ao padre. E daí? Mas, pagara uma promessa. Saudade da avó. Infância. Tão bom! Empinar papagaio. Brigar com os moleques. E a rua calma. Deixava de ser. Infância. E gripe. Amanhã estaria bom. Sem gripe. De tarde, o ônibus. São Paulo à noite. Infância, para trás. Para trás, tudo isso. E ia vivendo. Era o jeito.

UÍSQUE
COM GELO

Rua molhada, lá embaixo. Cantar na. Dançar na chuva. Tão diferentes, os dois. A voz gostosa, o sotaque cantado do Maranhão. Casou com um americano. Vivem a vida deles. Bem? Que é viver bem? Cansado de estar preso em casa. Apartamento abafando. Rua molhada. Sol contra a chuva. Vento. Chovia prata, parecia. A noite foi fria, sem ninguém. Novamente sem ninguém. A constante. Constante dielétrica. Ah! pensava em caldo de laranja. Tão bom o caldo de laranja. Confusão de gente na reunião. Palavras confusas, teorias. Vontade de estar em casa. Não conseguia ler, estudar. Ouvir música. Melhor descer. Apanhou o casaco. Rua molhada. Cinco freiras apontando na esquina, conservadoras. Cinco mantos brancos na chuva. Com a bolsa cobriam a cabeça. Bolsa contra a chuva. Paradoxo. Chuva é de Deus, vem de Deus. Contra a chuva, contra Deus. Ou a chuva não é de Deus? Por que não veio? Tudo acabado! Por quê? Hora habitual chegara. Não veio. Minutos passando. Horas. A campainha tocara. Satisfação, coração pulando, garganta seca.

Abriu. Era o porteiro. Abrira três, quatro vezes. Nada. Acabou. Rua molhada. Bom para os nervos. Se aparecer na esquina? Debaixo daquele guarda-chuva. Só pode ser! O mesmo andar! Apressou o passo. Ninguém debaixo do guarda-chuva. Ninguém para ele! Padre na porta da igreja. Água escorrendo pelos portais. Morar junto, não. Não era decente. Não era cômodo. Só encontros. Todos os dias. Entendimento perfeito, afinidade. Pouco a pouco, um resfriamento. Não dele. Mas, ele percebeu. Não mais o carinho de outrora, não mais a alegria de outrora. Esperava o fim. Mas, não queria o fim. O fim, pressentira. Mas, não admitira. Insistira tanto: amanhã às quatro. Repetira, repetira. Tudo certo. E hoje, isto. Porque tinha de terminar? E terminara. A esmo, na rua molhada. Gente passava. Cheiro de chuva, terra molhada. Bom, acabaria a secura do ar. Eles se conheceram no Maranhão? Não, no Rio. Na praia. O sol brilhante. A areia branca queimava. Juntos, conversavam. Olhos dizendo tanto. Só os dois na praia. E a multidão. Meninos jogando bola. Semana toda de praia, os dois juntos. Quarto limpo do hotel. Um só. De mãos dadas, no barzinho discreto. De mãos dadas, madrugada afora. A volta um começo de fim. Será que chegou agora? Corrida louca. Apartamento vazio. Nenhum recado no telefone celular. Andar na chuva. Chorar na chuva. Olhos molhados de chuva. De novo solidão. Tão diferente do resto parecia. Agora tudo de novo. Tentar novamente. Recomeçar a vida. De outro modo. Aceitar o convite. Ir ao Maranhão. Férias na fazenda. No Maranhão. Lugar imaginado, nunca visto. Com amigos. O americano estaria bem na fazenda? Deixaram tudo, São Paulo, e foram para a fazenda. Fazer tudo diferente. Até filho arrumaram! Sim, ir vê-los. Conversar, descansar. Esquecer.

Passou pelo bar, sempre movimentado. Mesas vazias na chuva. Um casal no fundo do bar. Os táxis da Bela Cintra. Colégio na es-

O RIO NA PAREDE

quina iluminado. Não sentia mais as pernas. Não sentia mais a chuva. Brilho da rua molhada, faróis dos carros.

Entrou num bar.

– Um uísque. Só com gelo.

Duas mãos segurando o copo. Frio nas mãos. Frio no corpo. Gripe chegando. Espirrou. Distraído, olhava os outros. Não veio. Não virá mais.

– Um uísque. Só com gelo.

A CLARIDADE,
AGORA

Noite. Sozinho na garoa, garoa fina. Frio até os ossos, abotoou o casaco, preto, longo. Lá do cachecol envolvendo o pescoço. Andava depressa. Poucas luzes acesas na rua. Árvores frondosas atirando manchas, manchas variadas. Escurecendo mais ainda a rua. No portão de entrada parou. Da sua casa. Olhou a casa, encardida pelo tempo. A porta fechada, encardida também. Escolheu a chave. A pequena, já gasta pelo longo uso. Abriu o portão. Girou a chave na fechadura. Encontrou só a escuridão da sala. Só o escuro. Nada mais. Atravessar a sala. Acender a luz. Coração mais rápido. Sim, de repente ouvira. Passos. Passos fortes. Descendo as escadas. Escadas rangendo. Quem seria? Morava só. E os passos. O ranger dos degraus. Frio na espinha, pelo corpo. Cada vez mais perto. Cada vez. Ele parado. Pregado ao chão. Parecia esperar. E mais perto. Um peso no ombro. A mão na boca, apertando, apertando. Apavorado, conseguiu gritar. As mãos sumiram. Largaram. E ele fugiu, para a rua. Na calçada, olhou para trás. Para ter certeza. Sim, a sua casa. Não errara. Só mesmo alucinação. Ou o álcool? Bebera tão pouco, pensou. Não podia ter acontecido. Medo passou. Olhou para a casa. Andou, até a porta. De novo a escuridão. Entrou. Bateu a porta. Deu três passos... e de novo ouviu. De novo parado. O medo. Ranger da escada. Frio na espinha, no corpo todo. Preso ao chão. Querer gritar, sem poder. Querer fugir. Sem poder. Paralisado, novamente. Como à espera. E os passos. Ora suaves. Descendo as escadas. Ora apressados. Cada vez mais perto. Conseguir se afastar. Porta parecendo tão longe agora. A rua lá fora. A luz. Bem que podia ser dia. Teria sol brilhando. Sol. E não teria medo. E os passos. Peso de mão forte no ombro. E na boca. Apertando. Não percebia corpo, nada. Só as mãos. Tentava escapar. E nada. Cada vez mais. Mais forte. Gritar. Fugir. Tentar algo. Fugir. Esforço mais forte, mais violento. Mãos titubearam. Fugiu. Rua. Luz. Não entendia. Medo ficou. Telefonar para um amigo, no bar da esquina. Telefonou, pediu que viesse, ao bar da esquina. E o amigo esperado então chegou. Contou tudo. Bobagem, não acreditou. Foram juntos. A porta, de novo a escuridão. E... ouviram. O ranger da escada. Passos, passos. Cada vez mais próximo. E os dois sentiram. Peso nos ombros, bocas tapadas. Medo a dois. Porém, medo. Um esforço, gritaram. Fugiram. Rua. Luz. Ainda medo. Outra tentativa? Sem coragem. Partiram, de ônibus, para a casa do amigo. Dormir, descansar.

De manhã voltou. A porta abriu. Claridade, em vez da escuridão. Subiu as escadas. Abriu o chuveiro, tomou um banho.

LUZ
DIFUSA

Entrou. Contorno de móvel fugidio, na luz difusa da sala. Surpresa. Surpresa sua e dos outros. Estendidos no sofá. Amor interrompido. A mulher dele e um homem. Um homem. Desconhecido. Paralisado pela descoberta. Ferveu nele a raiva. Fazer alguma coisa. Tudo. Matar, estrangular. Os dois estatelados, paralisados. Pose de fotografia. Deitados. Roupas amarfanhadas no chão. Imóveis. Esperando. Os três esperando. Ciúme de homem traído. Raiva, orgulho de macho ferido. Desde quando? Traição nunca pressentida. Mulher fiel, quieta. Bonita, isso era. Pelo menos para ele. Não só para ele, via agora. Tão caseira. Saía tão pouco. Um cinema, um teatro. Ele saía pouco também. Trabalhava como um burro. Dava-lhe tudo. Tudo? Pelo jeito, faltava alguma coisa. E agora esta. Os dois. Tinha um outro cara. Desde quando? Quem era? Matar os dois. Rudemente. Compensar o orgulho ferido. Ser primitivo como os ancestrais. Depois de tantos sacrifícios! Vida arruinada. Tudo perdido. Matar os dois. Ou apenas ela? O outro pouco lhe importava. Mas, por que só ela? Os dois.

Os dois estatelados. Olhos apavorados encostados nele. Esperavam. Que iria fazer? Silêncio doído, absoluto. Pensavam. Confusos. Por esta não esperava. Devia esperar. Mulher casada. Tinha de acontecer. Isto vem de tão longe! Tantas por aí. E cair logo por esta. Ela gostou de mim. O marido, dizia, não era problema. O dia todo fora, trabalhando. Nunca desconfiaria. E hoje esta. Que fazer? Olha e não diz nada. Mas, olha, olha. Que fará este homem? Podia falar, berrar. Por que me meti nisto? Apavorado. Morrer não quero. Raiva crescendo, avolumando. Estrangular? Meter-lhes uns tiros?

Ela, só olhos. Os olhos nele. Olhando. Não via o outro, só o marido. Que fazer? Por que chegara cedo hoje? Que teria havido? Teria desconfiado? Impossível, tomara tanto cuidado. Só à tarde, ele no trabalho. Na primeira vez já planejara tudo. Só à tarde. O marido nunca descobriria. Nunca.

O orgulho ferido, a raiva aumentando. Matar? Uma ideia, sorriso nos lábios. Vingar-se-ia de outro modo. Mais agradável? Afinal não seria melhor aproveitar da situação? Criada para ele. Por ela? Moveu-se. Chegou junto ao sofá. Olhou-os, sorriso nos lábios. A empurrou para fora da cama. Deitou-se com o homem.

A VIAGEM

O desespero aumentava. O pé doía uma dor fina e irritante. E sempre aquele pé. E a estrada sem acabar. Calor nas árvores, nas folhas que por ele doidamente passavam. Calor no seu corpo. Calor de fora, calor de dentro. De alguma parte do seu corpo. Febre. E a estrada continuava. Os outros: calados, cada qual seus problemas. Distantes, confusos. Pelo espelho.

Atrás o homem seguia a fumaça do cigarro. Pensava? Não sabia. Seu rosto que sempre alguma coisa dizia, agora frio, apagado, quase sem vida. Ou era a febre que dele se apoderava? Febre concreta, fiel.

Da barba cuidada do homem via fagulhas. Sonhava? Seriam mesmo fagulhas ou apenas o reflexo do sol nos pelos vermelhos?

Já me sinto cansado. Calor. Esta estrada não terá fim? Quantos cigarros fumei? Enfim, agora é só o cigarro. Que alívio me dá esta fumaça que dança ao sol! Que fazem os outros, dormem? Não verão nada?

A casa que não é bem casa, paredes caídas, parede caindo, rolando no chão a criança de bundinha de fora, mulher de roupa rasgada olhando pro ar, homem doente sentado no chão, porteira quebrada, o mato na roça, casa rica e bonita lá em cima, gente bonita na janela, o porco fuçando no terreiro, terra terra, mato mato, árvores retorcidas, terra terra, o homem doente, mulher de roupa rasgada, e a fumaça dançando no sol.

E a estrada continuava. O pé doendo. A fumaça correndo para a estrada. Será que tem febre? O que o incomoda? Não suporto mais! Que pensa ele? Saberá que dói meu pé? Os olhos fechados, o sol dando neles. Agora vermelho-azulado. Azulado-vermelho. Um quadro abstrato. Vermelho-azul; azul-vermelho. Terá sentido o que faço? Como parecerá a ele o que faço? Sempre a dúvida, sempre. O maldito desejo de descobrir antes dele o pensamento dele? Vejo o que não via? Aquele já sei – Caryocar brasiliense. Pomposo. Pequizeiro é mais bonito. Malditos nomes, maldito latim. Como posso guardar tudo isso? Vermelho-azul. Andar feito louca, faca na mão, cobra olhando pra mim, e o latim furando o ouvido. E o latim vitorioso, a língua rediviva.

A fumaça saía agora de seus dedos. Atirou o resto do cigarro pela janela. Miséria e terra, terra e miséria.

A estrada continuava.

Vermelho-azul; azul-vermelho.

A areia amarelada parecia a China de menina. China, China-Hong-Kong Hong-Kong-Brasil. O filho pequeno gritava, gritava. Dinheiro não tinha, se tinha não dava. Falava, não ouviam. Falavam, não entendia. O começo foi duro. Depois não. Areia amarela – China, China-Brasil. A estrada continuava. Sorria. Feliz. Falava e ouviam. Falavam e entendia. A mulher de roupa rasgada, o homem doente sentado no chão, parede caída ou caindo, casa que não é bem casa, mato mato, terra terra. Tudo passava correndo por ela. A

O RIO NA PAREDE

China de menina, a casa grande, bonita, igual àquela lá em cima. A mãe, o pai, ela na janela. Depois Hong-Kong, tudo mudou, Hong-Kong mudou, a China mudou, ela mudou. Hong-Kong – Brasil. A estrada continuava. Correndo para ela: a mulher de roupa rasgada não mudou, a criança da bundinha de fora não mudou, não mudou a casa velha de paredes caindo, terra terra, mato mato não mudou. Mudaria um dia? Um dia mudaria. Sempre diziam. Hong-Kong? Para onde?

Vontade de deitar, dormir, arrebentar. Fumaça voltou a dançar ao sol. Azul-vermelho, vermelho-azul, latim. Doía. Doía.

De lado, longe, o ar veio vindo, veio vindo, chegou. Encostou o ônibus fora da estrada.

Parou.

ÁCIDOS
NUCLEICOS

Só os dois no laboratório deserto. Noite no laboratório. Cansados do trabalho contínuo, nada de domingo, nada de feriado. Trabalhar sem cessar pela ciência, por um ideal? A chuva leve batendo nas vidraças. Tudo fechado, sem ninguém, só os dois. Barulho da chuva, cheiro do gás da torneira vazando. Movimento das larvas de moscas na placa de vidro, inteiras, vivas. Pedaços arrebentados, esmagados, com movimentos lentos, e vivos.

Cansada. Com o bisturi na mão. Cabeça doendo, corpo não dando mais. Isolar ácidos nucleicos de larvas o dia inteiro. Obter grande massa de ácidos, comum a plantas e animais. Se o animal for grande terá mais? Deve ter. Ideia parafusando a cabeça doída. Amanhã seria famosa, de repente decidiu.

Olhou o companheiro. Sentado, o microscópio em frente, os óculos brilhando na mesa. A larva rastejando na alça dos óculos. Abrindo a pinça, arrebentando as larvas.

Olhou o preto do martelo novo, pesado. De repente ergueu,

uma batida forte, seca, pesada. No microscópio a cabeça tombou, barulho de óculos quebrando no chão.

Não podia perder nada, material precisava ficar limpo, senão estragava a amostra. Sem sangue, sem intestino. Apanhou a maior seringa. Sangue demorando a acabar, sangue tipo zero Rh positivo. Esvaziou na pia, seringa limpa, pia manchada de sangue. Lavava amanhã, hoje não. Roupa atrapalhava demais. Inteiramente nu. Enrolou a roupa, jogou no fundo do armário. O corpo nu não a impressionou. Estranho, até ontem sempre olhava para aquele corpo, ainda vestido, e cobiçava. Agora nada. Com o bisturi fez um corte na barriga, transversal. Não podia errar o corte, se errasse perdia tudo. Mas, estava tão cansada. Intestino saltando fora. Puxou com força, e depois cortou. Para a lata de lixo, sem razão de ser. Material agora limpo. Entrou na câmara fria. O almofariz gelado, branco, grande. Que força precisou para picar, quase que não conseguia. Mas se esforçou. E começou a triturar no almofariz. Quase desistiu. Tão cansada. Mas, não podia parar, continuou. O importante é não parar, pensava. Pasta mole finalmente, como a pasta das larvas. Ligou o homogeneizador. Foi enchendo o tubo de vidro de pasta mole, como das larvas. Ia ate o aparelho, homogeneizava. Barulho rítmico do homogeneizador. Não podia errar, não cometer nenhum descuido. A chuva batia nas vidraças. Solução já preparada, em litros. Misturou tudo. Grandes provetas agitadas. Separar a porção dos ácidos nucleicos. Tubos de plástico, de polietileno, os amarelados, lembrou bem. Centrifugou. Dez mil rotações por minuto. Cinco minutos. Em cada tubo a beleza das cores. Esverdeada a de cima, precisava separar. Pipetou. Cheiro do clorofórmio do frasco aberto. Tirar as proteínas, precisava de material puro, bem puro. Reagentes e aparelhos. Cansava. Mas, não podia parar. Cuba de

O RIO NA PAREDE

plástico com gelo ate a borda. E os tubos. Precipitar o material. Bastão de vidro girando, girando. Fio de DNA bem branco. Enrolando no bastão, um, dois, três metros. Extasiada e cansada. O grande feito, pela primeira vez em ciência. Rolo de DNA igual a rolo de lá branca para a malha. Ser festejada, ser famosa amanha. Pensou no companheiro. Coitado! Lutava tanto, trabalhava tanto para ficar famoso. Vivo não seria nada, nunca. Como nome de fio será conhecido pelo mundo todo. Agora fio branco e famoso.

Cabeça doía, olhos vermelhos, cansada. Desligou os aparelhos. Apagou a luz. A chuva batia nas vidraças. Foi dormir e esperar o amanhã.

SENSAÇÃO
DE DESAGRADO

Puxou mais o cobertor. Noite fria. Quentura do outro corpo. Bem ao lado. Ruído suave. Do ressonar. Tão tarde, sem dormir. Mudou de posição. E nada. Vontade de ir para a rua. Andar sem sentido. Sentir frio no rosto, nos pés. Ver gente. Sorrir – para gente desconhecida. Era tão divertido. Assistir a um filme. Perambular pelas ruas. Uma bebida numa esquina. Para animar. Fumaça do cigarro levada pelo vento. E ele andando. Garoa fina nos cabelos.

Corpo se aproximou. Sentiu o calor. Sensação de desagrado. Por quê? Não sabia. Não era nojo. Falta de vontade. Tão diferente, no começo. Ir para a cama. Prazer esperado. Agora esta tortura. Abraço exagerado até. Riu. Lembrou. Daquela vez de tão grande fúria. Corpos rolando, enlaçados. Suspiros, gritos. De repente. A cama antiga quebrou. Os dois no chão. Caíram abraçados. Nem sentiram. Continuaram. Fúria até aumentou. Tudo dava certo. Ela chegava perto. Sentia o calor. Calor do corpo amado, desejado. Sim, desejado. E a agarrava. Rolavam. Gritavam. O corpo percorrido. Mãos que sabiam caminhar. Mãos. Cabelos dando cócegas. Corpo arfando, doendo. Gritavam. Então a lassidão. Olhos fechados, pensando. Conversavam. De novo as mãos, o calor. Tudo recomeçava. Tão bom. Dias, meses. Tudo igual. Pouco a pouco, o fastio. Conversa diminuía. Sem saber o que falar. Mal se olhando. Ir para a cama. Ter de ir para a cama. Iam. O calor. As mãos. Cócegas dos cabelos. E se abraçavam. Tudo como antes, parecia. Parecia. E a vontade de estar só. Dormir, só dormir. Ou ter outra. Na cama. Sentiria ela o mesmo? O ressonar. Bem leve. Olhou-a. A mesma de sempre. Cabelos loiros no travesseiro. Espalhados. A mão fina fora da cama. Caída. Perdida agora. Mas, sem vontade. Vontade de empurrar. Atirar o calor do corpo fora da cama. Não sentir mais o calor. Evitar aquelas mãos. Detestava isso. Detestava tudo. Mas, as mãos vinham. E ele caía. Corpo e pensamento separados. Via seu corpo mexendo, agindo. Ele ausente. Pensando, até rindo. Do seu próprio corpo! Ela percebia? Sem dormir, continuava. Tinha raiva. Dela. Daquele corpo. Até quando fingiria? Dois estranhos, pareciam. Fazendo o amor, sem desejar fazer o amor. Melhor falar, explicar. Não tem jeito. Não adiantaria. Calor do corpo, as mãos. Não é verdade, diria ela. E tudo recomeçava. Precisava dar um fim. Mas, o corpo não obedecia. Ele não queria. Mas, o corpo… Dizendo sim. Sempre sim. Frio da noite. Puxou o cobertor. Frio. Tinha tanto frio. Calor do corpo. Novamente as mãos. Quebra do ressonar. O corpo quente, suas mãos percorrendo. Excitando. Apertou-lhe os seios. De leve. Subiram. E ele vendo as mãos. Só vendo, sem dirigi-las. E as mãos. Sempre se movimentando. Como com vida própria. E apertaram. De leve. Depois forçando. Cada vez mais. Grito querendo sair. Sem poder. As mãos apertando. Cada vez mais. Cabelos loiros no travesseiro, espalhados. Olhar da surpresa. Olhar do medo. Lassidão dos corpos.

Deitou de lado. Contra o corpo. E dormiu.

PONTO NEGRO,
NEGRO

Viu na televisão o filme *Orfeu* do Cocteau. Interessante. Forte na sua mente, bem forte, um ponto negro, negro. No períneo? Quase no períneo. No lado esquerdo. À espera doída, sentida. Agora aqui, em uma hora mais, não mais. Angústia profunda doendo a mesma dor. O medo. O meu medo? O meu medo, o medo deles. De repente! Não de repente, esperando, mas assim mesmo inesperado. O medo, o medo de ficar só, de morrer só. O medo da morte. A morte concreta, não mais abstrata. A morte sem simbologia. E aí volta tudo, o medo, a dor. A Maria Casares distante, em negro, atravessando o espelho na simbologia do *Orfeu* de Cocteau. E em branco, atraente, não mais sinistra como a Casares, mas tão mórbida como no espelho atravessado. E a pinta negra se opondo à angústia, revelando, mostrando que o espelho ainda não foi atravessado, e quem sabe? Haverá uma demora para a travessia?

A mente em confusão. A tristeza se opondo à alegria intensa

também doída. E no meio de tudo a certeza de que a gente vai se olhar no espelho, talvez nu, talvez excitado, um corpo à mostra, a pele se acariciando sem necessidade das mãos, e tudo vai me segurar, vai me apertar, vai me sufocar e não me deixará atravessar o espelho. O medo vai acabar, para mim já acabou. Não sei. Não sei se está do lado de cá, se atravessou o espelho. Agora só no meu espelho. Eu no espelho dos outros? Eu? Eu? Certeza que sim. Apareceu de repente, e ficou, ficou. Naquela noite de solidão imensa, de falta de emoção. Cansado. Estava cansado, demais, cansado. Por muito tempo. Só solidão. E só esperava a solidão. E bebi como nos tempos que se foram. Na escuridão, o calor do corpo, vultos que passavam pelo seus olhos? Ou pelo cérebro? Não sei. No espelho o negro, sujando a cara. Ora branco ora negro. Desci para o espelho. Depois foi rápida, a revelação. Estava bêbedo demais. Estava? A pele é lisa, macia, morena. As coxas, as mãos, os pés… Excitação no corpo. Gozei de repente, com violência. Da solidão. Acariciei. E eu já conhecia aquele ponto negro, negro. Através do espelho? Mas, ele sempre esteve lá. Só não via. Toquei a campainha. E lá estava de novo o ponto negro, negro. No espelho.

E o meu medo acabou. De atravessar o espelho.

À NOITE,
NA ESPLANADA

Tarde cinza. Andando, cambaleando na rua cinza. Sem ver o povo cinza. Sem ver mulheres fazendo compras. Carrinhos de bebê, nas portas das lojas. Frio. Bebês nos carrinhos, caras vermelhas, chorando, cachorros amarrados nos carrinhos. Ele nada via. Pensava? Chegou na ponte. Southbridge. Da amurada alta via a estação. Lá embaixo, a cobertura suja de vidros sujos. Do *fogg*. O cheiro de leite fermentado do *fogg*, cheiro de *fogg*. Cheiro de malte no ar. Das fábricas de cerveja. Corpo rodopiando no ar, barulho de vidros quebrados. Sangue manchando os vidros partidos, sujos. Pelo *fogg*. Um corpo disforme no chão de pedras, seculares. Como tudo ali, como o interior da gente cinza. Corpo ainda quente. Gente parando, olhando, comentando. Um médico, a polícia. Morto. Restos de cérebro com sangue. Espalhados pela plataforma. Barulho estridente da ambulância partindo, varando o cheiro de *fogg*. Para quê?

Calor bom da lareira, o aquecedor a gás, a luz vermelha por entre metal e plástico a imitar chama de lenha queimando, que não existia mais. Muito moderno. Meia hora para as crianças chegarem da escola. Ontem o cinema, até parecia ela. Na estória da tela. A mesma estória. Ele bebia sem parar. Um ano já, até mais, nem ligava para ela. Com os filhos não falava. Não ia ao emprego. A vida um inferno, o não saber por que. Mas, que podia fazer? Divórcio tão difícil, complicado. E se morresse! Bebia demais. Um dia, caía na rua. Um ônibus passava por cima. E ela estaria livre. Logo o arrependimento do pensamento. Na porta, alguém. Correu, abriu. Polícia, enfermeiros, e o corpo dele, morto. Não queria acreditar. Como foi? Caiu da Southbridge sobre os vidros da Waverley Station. Tivera razão, bebera demais, caíra ponte abaixo. Alguém vira como fora? Um garoto, de quinze anos não mais. O homem andando, cambaleando. De repente. Subira na amurada da ponte. Southbridge. Não fora acidente? Levou um choque. Suicídio? Por quê? Então ele sofria também? Se tivesse dito algo. Se contasse para ela. Teria ajudado. Feito alguma coisa, teria compreendido. Teria? Teria? Não sabia.

Trem de Londres chegando. Portas que se abriam, gente saltava. Apressada. Na plataforma manchas vermelhas, cor de sangue. Restos esmagados de cérebro, ensanguentados. E estilhaços de vidro sujo, nada mais. Olhavam, passavam por cima. Pisavam. Corriam para a escadaria. Lá em cima a cidade. E mais gente começava a viver por entre o cinza. O cinza da cidade cinza. Edinburgh cinza, sempre cinza. Ruas cinzas. Gente cinza.

E do alto, do alto da Esplanada. Bem do alto do cinza as torres cinzas do Castelo. Cinza. Dominando a cidade cinza. E sabendo a verdade. Só as torres sabiam. Mas, elas nunca falaram. E nunca falariam.

CICATRIZ VERMELHA, NO CINZA

Movimento cinza de nuvens. Cinza. Céu cinza. As casas, cinza. Árvore vermelha contra o cinza das casas, do céu. Cortinas brancas de janelas fechadas. Janelas, cinza. Chaminés das casas. Cinza contra o céu. Cinza. Cinza da tarde. Frio. Outono. Cinza. Cidade cinza, sempre cinza. Colorido, só as árvores vermelhas. Outono. Cinza. De manhá levantou, puxou as cortinas. Ao longe viu o mar, cinza. O céu cinza. Suspiro profundo. Correndo desceu os três lances de escada. Engoliu rapidamente os ovos com *bacon*. Saiu e entrou no cinza das ruas, misturando às pessoas, cinza como o tempo. E ele era vermelho, vermelho vivo, parecia. Como a árvore contra o cinza da cidade. Os homens, as mulheres, cinza. Ele diferente do resto. Uma cicatriz vermelha por entre o cinza.

Era difícil viver. Sendo vermelho. No meio do cinza, sempre aparecia. Não podia se esconder, pois não era cinza. Lá era fácil, havia também dias cinza. Mas, nem sempre. E havia homens e mulheres, também cinza, mas nem todos. Muitos, muitos, vermelhos como ele. E ele passava despercebido. No meio do vermelho. Era bem mais fácil. Um no meio da multidão. Não era notado. Não era visto. Não era uma cicatriz do cinza. Tantos como ele. Ia para o trabalho. Passeava. Não era diferente. Aqui no cinza. Tudo era diferente. No ônibus entrava e sempre era observado. Na rua. No trabalho. No começo, gostou. Era tão bom ser notado, ser visto, admirado. Recebia convites, alguns aceitava, se sentia feliz, desejado. Mas, depois. Cansou. Nada queriam. Queriam apenas manchar de vermelho o cinza. Deles. Era o ser desconhecido, que amedrontava. Dele esperavam toda a fúria primitiva de uma cicatriz. Do cinza. Nunca tentavam compreender. Pois, não era cinza.

A porta do bar era de vidro todo trabalhado. Desenhos estranhos, bonitos. Motivo pré-rafaelita? Ficou interessado. No bar. Não no motivo pré-rafaelita. Nunca tinha ouvido falar dos pré-rafaelitas antes. Hesitou por um momento. Junto da porta. Olhou a rua cinza. Criou coragem. Empurrou a porta de vidro trabalhado. Com motivos pré-rafaelitas. Encontrou cortinas pesadas de veludo vermelho. Não cinza. Dentro o barulho. O cheiro forte de cerveja. Lager. Heavy. Guiness. Abriu as cortinas e entrou. Bar repleto de gente cinza. Parou. Olhos se voltaram. Olhando. Apreciando, julgando. E olhos cobiçavam. Avançou para o balcão. Um uísque, pediu. Sem gelo. Só uísque. Começou a beber lentamente. Por cima do cinza observava os gestos, olhares de pessoas, cinza. Foram se aproximando. Pouco a pouco. Vermelho rodeado de cinza. De todo o bar. Teve medo de mudar de cor. Ser amassado pela massa cinza. Engoliu o uísque. Fugiu. Fugiu para a rua cinza. O frio doía no seu peito. Andou lentamente até a esquina. Entrou na casa de chá. Bebia um chá. Jornal aberto. Notícias do mundo. Chegou à mesa. Olhou para seus olhos. Sorriu.

MARCA ROXA,
DOÍDA

Tão estranho, tudo diferente, aquela leveza e mal estar tudo junto. Tudo girava, girava, se fechava os olhos. Teto que movia, ia cair em cima, parecia. Não era o teto que se movia, a maca se movia. Abriu os olhos, e viu. Dois enfermeiros carregando a maca, carregando para onde e por quê? Não sabia. Tentou pensar, mas doía, doía tanto, a cabeça. Hospital? Que fazia num hospital? Estava tão bem até. Feliz, alegre. Ali agora, por quê? Palavras de longe entravam com força pelo ouvido, doído. Coma alcoólico. A picada fria, doída no braço. Injeção de glicose, deixou marca e deixou dor.

Formatura ia ser de manhã, amanhã. Após tantos anos de cansaço. Trabalho e mais trabalho, não tinha tempo para nada. Só estudar. Chegou até a emagrecer de tanto estudar. Até aquele professor notou, emagrecera demais. Precisava engordar. E depois de tudo ia receber o famoso certificado, que provava que se matara por quatro anos. Tempo de amar não tivera, amar como, amar gasta tempo. Tinha de ser tudo rápido, amor rápido não era amor, pensava. Mas, só dava para isso. Agora sim, ia ser tudo diferente. Aproveitar o tempo perdido, arrumar emprego com horário fixo, sem hora extra, sair por aí à procura do amor. Do amor que faltava e a falta doía, como doía a dor roxa no braço. Não se preocupar com nada, só trabalhar um pouco e amar demais. Nem dormiu, pensando no amanhã, no certificado.

E os certificados iam sendo entregues um a um. Abriu a boca num sorriso largo, dentes brilhando, língua dançando lá dentro. Depressa apertou a mão do paraninfo e o certificado, arrancou o certificado da mão dele. Sorrindo. Tempo todo sorrindo. Não via mais nada. Só o tubo na mão, certificado, nele o futuro e o amor. Como se amor fosse coisa fácil ou importante. Não viu a cerimônia continuar. Discurso comum, chato. Não perdeu nada. Nada viu. Depois brincaram de amigo secreto. Quem fora o seu? Não se lembrava. Almoço num restaurante perto. Colegas alegres. Sorria feliz, chegou a cantar, a dançar. Fome não tinha, a batida de pêssego amarela, doce demais. Não gostou. Tentou a de morango de uma cor rosa nojento. Bebeu pra valer a de limão. Alegria sempre presente. Futuro chegara finalmente, amanhã saía por aí. Procurava um emprego. E o resto seria fácil. Era só querer. Cerveja gelada. Do vinho não gostou. Assim mesmo bebeu. Garrafão de pinga apareceu na mesa. Forte demais. Mas, por que não? Cabeça começou a girar, sensação na cabeça, barriga diferente, olhos embaçados. Abriu os olhos. Vômito saindo aos borbotões, saindo sem parar. Esfriou, pressão caiu. Jeito levar pro carro, levar para o hospital. Coma alcoólico. Dor da picada, dor no braço. Amanhã saía por aí, começaria tudo. Toda a espera pelo certificado. Amor chegaria, amanhã. Dor no braço diminuiu, de repente desapareceu. Alívio doce da falta de dor.

Sorte ter acontecido no dia da formatura. Viu tudo. Todos os colegas de certificado na mão, no velório.

MELODRAMA

Maria, sem sorte. Sem sorte sempre, desde o nascimento. Nem bem nasceu, a mãe morreu. Filha de mãe solteira. E que morreu. Maria acabou num orfanato, de freiras. Tão feinha, desde pequenininha. Poliomielite, mas só na perna esquerda, que afinou, encurtou: mancava de dar dó. Mas, felizmente não foi atingida pela epidemia de meningite, sorte de Maria? Com três anos caiu. Tombo feio, olho esquerdo ferido, sem jeito, olho esquerdo cego. Maria sem sorte, perna curta e olho cego. E corcunda. Corcundinha. Sem sorte. Um dia o cabelo caiu, caiu. Careca, fios ralos cobrindo cabeça oca. Primeiro dia de aula como o último, nada aprendia, nada. Cinco anos na mesma classe, mesma professora. A escola desistiu de Maria. Perturbação tireoidiana aos doze anos. Bócio saliente, olho bom saltado. Tudo de chamar a atenção. Trabalhava no orfanato. Roupa lavava, de mil crianças, de cem freiras. Vidros das janelas lavava, de duzentas janelas. Vento forte no pátio arrancando as folhas das árvores. E Maria varria, e mais folhas caiam. E era alegre (à moda dela).

Então inflamação da pele do rosto, um dia sarou, mas a marca ficou. Chamando atenção ao fazer compras na cidade. Trânsito parando. E um pintor pobre de muito talento a enxergou. E se apaixonou na hora! Amor à primeira vista. E a quis para mulher e modelo, mais modelo que mulher. E Maria casou de branco, de véu e grinalda, chuva de rosas que um coroinha jogava do teto da igreja. E Maria amava o pintor, para amar inteligência é desnecessária. E ele pintava e ela posava, todo o dia toda noite, noite e dia. Nunca a beijava, nunca fazia amor. Só pintava. Amor coisa boa, pensava Maria. Quadros e mais quadros, centenas deles. De repente ganhou prêmio de viagem a Paris. Partiu. E uma exposição foi organizada. Em Paris. Muita gente olhando a feiura da mulher. A crítica no jornal. Uma porcaria. Sem sorte, Maria, até como modelo. E ele deixou todos os quadros, voltou para o Brasil. Furioso com Maria. Mostrou a raiva toda. Maria não aguentou. Morreu do coração.

Terceira Grande Guerra e as bombas finalmente explodiram, tudo destruíram. Desapareceram as plantas, animais. Tudo. Paris. Rio. Tudo. Só um casal sobrou, numa ilha da Nova Zelândia. Com um grande problema, repopular o mundo. E resolveram o problema.

E os séculos passaram. E o mundo florescia novamente. Paz no mundo, arte e ciência floresciam. E como seria a mulher do século XXI?

Nas ruínas de Londres, bem conservada, uma fotografia. Um famoso arqueólogo a encontrou. Na fotografia o sorriso bonito, olhos grandes, grandes gestos, os cabelos loiros, o corpo longo, pernas bem delineadas e bonitas. Uma pose sensual. Uma data atrás: abril de 2001. *A kiss*, Madonna. Trabalho publicado, tradução em todas as línguas. Sucesso: a descoberta da mulher, do século XXI. Bonita, igual a atual.

O RIO NA PAREDE

E uma famosa arqueóloga trabalhava nas ruínas de Paris. E em muitos quadros a mesma figura de mulher, em todas as posições. Maria reencontrada, sem sorte Maria sem sorte. Centenas de fotografias, trabalho detalhado publicado, Maria virou até capa de revista. Tudo provado, trabalho anterior desmentido, cientificamente. Maria sem sorte o exemplo, a prova, de como era a mulher do século XXI. Madonna? Nada mais que uma mutação causada pela radioatividade da explosão...

PRESENTE

Saltou do ônibus. Saia marrom, blusa vermelha. Cansada. Andava depressa, para o lado não olhava. Do monumento enorme o Duque olhava a praça.

Saudade doída de Minas, de Alfenas. A cidade pequena, sossegada, parada. Brincava de roda, ela e os irmãos. Crianças. A voz da mãe dentro de casa. O pai correndo para um doente. Ela brincando. Sempre. O rio de águas calmas, nadava como peixe. De cobra não gostava, tinha medo. De tempestade. A voz da mãe dentro de casa. Voz quente, bem modulada.

Dobrou a esquina. Lampejos coloridos dos luminosos. Hotel, só hotéis de baixa categoria. Gente passando. Roupa colada das mulheres, cigarro na mão, palavrão na. boca. Prá lá, prá cá. E homens. Sirene de um carro de polícia. Passou correndo por ela.

A cidadezinha tão quieta. Mulheres assim haveria lá? Talvez, nunca as vira. Um dia descobriu: já era moça. Arrumou as malas, foi para a cidade grande. Precisava estudar. Futuro. Não mais brincar de roda, não mais nadar no rio.

Mais de ano já em São Paulo. Formada, trabalhava. Morava com uma tia, tia que ela não conhecia. Sozinha, viúva. Estranhava a rua, o bairro. Gente diferente, estranha.

Gente diferente vira no Rio de Janeiro. Indo para a Faculdade, ou de lá voltando, encontrava gente diferente. Mas, não vivia entre eles. Sabia o que eram, o que faziam. Tinha pena, dó, vontade de fazer alguma cousa. Não fazia nada, nunca faria nada, sabia. Saudade doída de Alfenas. Apartamento pequeno, mas a gente do prédio era decente. Bairro decente, também. A praia era a sua calçada, o mar, o mar imenso o horizonte. O corpo queimado, amorenava. Mais bonita, mulher. Os homens cobiçavam.

A voz da mãe dentro da casa. O pai alegre, voltando para casa. Lembrava sempre. Mas, gostava do Rio, da praia, do mar, da gente.

O bairro foi um choque. Aquela gente, ela entre aquela gente, Na porta ao lado de um hotel de segunda categoria parou. Entrava e saía gente. Mulheres… E homens. Olhavam para ela, ela sabia, mas não via. Tinha pressa de entrar, a porta trancada. Tinha medo daqueles homens. Procurava a chave no caos da bolsa. Um homem passava. Examinou-a. Parou. Nem ouvia o que ele dizia, mas percebia o que ele queria. Ele falava, falava. A chave finalmente encontrada. Desesperada, enfiou-a na fechadura, girou. Escuridão do corredor. Bateu com força a porta. Girou o interruptor. Do fundo do peito um suspiro subiu, desafogou. Lembrou de Minas, lembrou do Rio.

Sentada na sala, a tia olhava o homem na televisão. Jogou a bolsa na cadeira, arrancou os sapatos, alisou com a mão os cabelos. Jogou o corpo no tapete. Olhava as pernas. Molemente, as mãos corriam as pernas. Pouco a pouco, a tensão diminuiu. Protegida

O RIO NA PAREDE

no apartamento. A rua, de gente estranha, outro mundo. A porta a muralha entre ela, e esse mundo. O homem falava, gesticulava. Falava do bairro, das ruas, a sua rua, a praça em que o Duque dominava, e não via nada. Boca do lixo. Minas tão passado, Rio para trás, agora São Paulo. Presente. Na Cracolândia.

VINHO TINTO ITALIANO

Sentados enfileirados hipnotizados pelas máquinas enfileiradas. Pelas máquinas, em frente das máquinas. Por entre o branco das máquinas as cores brilhantes passavam rapidamente. A espuma aumentando entre a roupa suja. E girando, girando a roupa suja. E as cores girando, como televisão em cores. Olhos seguindo as cores. Bolhas de sabão e cores. A luz vermelha acendeu. O aviso esperado. De pé, eles e as máquinas todos de pé. Levantaram a pequena tampa, jogaram mais sabão lá dentro. Sentados de novo, máquinas em pé. De novo as cores, a espuma, o movimento. Depois só as cores, o branco, a roupa toda amassada. Andam em direção aos carrinhos brancos de plástico, enfileirados. Curvam-se, abrem as portas redondas. As cores e o branco amassados no carrinho de plástico branco. E novas máquinas enfileiradas engolem o branco e as cores misturados. E o calor aumenta, e o branco e as cores giram e flutuam como se fossem plumas. Plumas de avestruz? E cada vez mais leve. De repente caem, tudo para. Enchem as sacolas velhas de fecho quebrado. Enrolam o cachecol no pescoço, erguem a gola dos casacos e entram na rua sem cor.

Ela nunca se conformara. Como podia fazer sempre assim? Falta de higiene. Absurdo o que fazia. Como podia misturar tudo na máquina – panos de prato, cuecas, camisas. Falta de higiene. A roupa dela não, ela mesmo lavava. Separava sempre o que ia lavar. Metodicamente. Bobagem, dizia. Sabão lava tudo, não lava? O que o preocupava, às vezes, era que a gordura do pano de prato manchasse a cueca. Enfim, se ela queria arrumar trabalho demais o problema era dela.

Foi sozinho ao cinema. A constante de ir sozinho, de ficar sozinho. Tinha lido no jornal. Versão restaurada do filme do Kubrick. Do *Clockwork Orange*. Foi bom. A tortura maior e final só lhe deu fome. De vinho tinto italiano e de espaguete. Para ele tortura era a fome sentida. A fome sim era tortura, pois a fome era dele. Saiu do cinema, só. Voltou para casa, só. Pensando na tortura, tortura para ele espaguete e vinho tinto italiano.

Colocou o espaguete na panela. Na água fervendo. Sal. Gotas de azeite. Como se fosse pesquisa científica preparou o molho. Preparou a mesa. Para ele. Prazer de estar só, de ter só pra ele todo o espaguete. Comer sozinho, estar só. Abriu uma garrafa de Corvo da Sicília. Bem vermelho, quase negro. Uma garfada de espaguete, um gole de Corvo. Sem precisar conversar. O prazer sentido com egoísmo, sem partilhar com ninguém. Por que a necessidade de partilhar prazer? Sozinho parecia um prazer melhor. Fazer amor só, sentir só amor. O mesmo prazer total da garfada de espaguete e de um gole de vinho tinto. Se fosse possível! Ou seria? Prazer sentido, bendito, limite de prazer. Livre e só. Fazer o que tinha vontade, não dizer nada a ninguém. Não precisar dar desculpas ou mentir. Ou ouvir mentiras e acreditar. Ou fingir que acreditava. Cansado de fingir, de

O RIO NA PAREDE

sentir o fingir diário. O fingir que sempre voltava. Mudava a pessoa, o fingir sempre ficava. Melhor assim, estar só, ficar só, sentir o prazer intenso de jantar só. Passou a fome. A tortura acabou. Amanhã satisfazer tortura diferente.

E uma semana depois hipnotizado pelas máquinas enfileiradas. E cores e o branco, amassados e a espuma. E a rua. Sem cor.

OS OUTROS

Dançavam lentamente. Naquele momento pareciam isolados. Ela e os outros, mas ela também era os outros. Ele a sentia junto a si. A sensação de senti-la junto, bem junto, só às vezes. Sua realidade interior era mais concreta. Raramente ela vencia. E então ele a sentia, junto bem junto. Porém, tão raro.

Não, não era possível. Gostar para que, por quê? Em seus ouvidos sussurrado, chegava um "meu amor", "meu bem", mas parecia vir de tão longe. Tão longe que ele não podia ouvir. Não ouvia, ou isso ele não mais compreendia? Não queria amar. Não queria ser amado. Ou seria bom ser amado, doidamente amado, por todos? Mas, o importante... E se amasse, a que isto o levaria? A nada! Sabia. Sabia e não queria amar. Amar, verbo idiota. Estava tão bem assim, sem amar. Levaria a todas as desilusões de outrora, amar coisa do passado. Seria bom se amar só tivesse presente, mas, só tinha passado! Amar, e ser feliz! Teria ainda sentido ser feliz? Valia a pena arriscar? Não era feliz agora, sem amar?

O passado. Não era tão passado assim. Apenas alguns meses. As mesmas palavras, a mesma voz, o mesmo roçar de lábios. Ele caíra, depressa. E depressa amara. O difícil desapareceu. Conheceu o feliz. E amou, amou. Era amado, amado. Assim parecia... Casou, porque não podiam só amar. Havia os outros. Tantos outros. Posição. Senão, seria de novo o difícil. Casaram. O amor legalizado. Os outros gostaram, aprovaram. Ele e ela juntos, de manhã, de noite, sempre. Então se conheceram. Então. E o amor acabou, respeito... tudo acabou. E agora esta. Que fazer? De novo teria os outros. Dançavam. Súbito ela o trouxe à realidade. E por que não amar? A festa acabou. Amavam-se. Uma semana depois, ele faltou ao encontro.

E O ANO NOVO
ENTÃO COMEÇOU

Lembranças de outros fins de ano ainda presentes – foram anos e anos atrás. A espera da batida do fim do ano, na praça, em frente da igreja, outrora igreja, hoje não mais, monstro gótico negro e alto, vazio. Apenas um monumento de outras eras. Os americanos quiseram comprar uma vez, chegou a ser vendido, mas depois os jornais, o povo reclamou, e tudo ficou como era. Mas, como podia dar certo? E onde esperariam pelo ano novo? A praça cheia, todos com garrafas de uísque, garrafa passando de boca em boca, alegria de todos, extravasamento da emoção contida no ano que passou. E os sinos batem, dançam, e todos dançam ao som dos sinos, trocam beijos e mais uísque passa de boca em boca. Ano após ano passou pelo mesmo ritual e se sentia feliz. Incorporando tradição alheia? Talvez. Agora não teria a praça, os sinos, o desejo dos americanos, e a vida feliz a dois era passado.

Resolveu que passaria o fim do ano com amigos, não com a família. Com eles passara o Natal. No fim ele e um grupo de amigos resolveram dançar, passar a noite dançando e tentando ser alegres. Foram a um bar. Chegaram cedo. Pouca gente. Pouca luz. Uísque nojento descendo pela garganta, não mais o uísque da praça, e garrafa passando de boca em boca.

E começaram a dançar. Ele se sentia à parte, à parte do grupo, e constrangido. Pouco sabiam de sua vida. Ele constrangido. E dançavam em roda, em grupo. De repente, alguém entra na roda, e lhe dá um beijo, demorado na boca. E sumiu. Nem viu. Surpresa ou constrangimento? Perdeu o último. E se soltou. O uísque subia cada vez mais à cabeça. Vontade de se divertir. Dançou. As mãos livres passavam de um para outro. Seu corpo, parecia, já era conhecido de todos, do ar, de tudo. E todos dançavam, e todos se pegavam, e todas as mãos se encontravam em todos os lugares de todos. Cada vez mais fora de tudo, sem preocupações E encontros se marcaram, que nunca aconteceram e não podem mais acontecer. E de repente veio o cansaço. De dançar e das mãos em seu corpo, e de suas mãos que passeavam… E continuava vazio como antes. Resolveu sentar, sentou.

A sujeira do uísque na mesa nem notou. Sentou. Parecia nada ver.

Vultos que dançavam, só vultos. E então viu. Claramente, como se todo o cansaço tivesse de repente passado. O rosto que devagar passou. E depois voltou, que não olhava para nada. Algo nele aconteceu. Não conseguia pensar, mas via. Sem pensar desceu e foi ao seu encontro. Pois a certeza estava ali. De que era a hora certa, e a pessoa certa. Aquela que a gente procura, sem saber quem é, como é, de onde vem. A certeza de que era. Rapidez necessária. Não como das outras vezes, passava horas a pensar, decidir, e se decidia era tarde demais, mas não importava. A perda nunca tinha importância. Não agora. Tinha certeza, e não podia esperar, não podia perder. É como se a vida terminasse ali também. Desceu, começou a dançar,

O RIO NA PAREDE

e era como se tivesse dito, você nunca vai poder fugir. É estranho, as palavras saíam fácil, fácil. Falou como nunca falara. A bebida ajudando, perdia a censura intelectual. E aceitou, parece, sem titubear, que a vida dos dois tinha tomado um caminho final naquele momento. As mãos se acharam, e parece já se conheciam. E o ano novo aí então começou, para os dois. Disseram muitas coisas e a certeza de que encontraram a parte que faltava. E saíram. Bêbados com o uísque do bar.

E se deitaram. Os corpos foram pouco a pouco, conhecidos. As carícias já estavam lá – como se esperassem ser dadas um dia e o dia chegara. E tudo mais passou para trás, para outra era, como os sinos e o monumento negro, onde um ano atrás esperava pelo ano que acabou a noite passada.

E o dia amanheceu, quente e ensolarado. E uma nova mentira começara.

A MELHOR
IDADE

Virou mania. Todo mundo só fala da beleza que é a melhor idade. Você liga a TV e lá vem uma senhora simpática, metida à sabida, falando dos prazeres da melhor idade. Eu gostaria de saber se ela, quando entrar na melhor idade – na verdade todas elas estão próximas ou ainda não perceberam que já chegaram lá – terá a mesma opinião.

E nós que já chegamos nessa delícia de fase de vida que é a melhor idade o que pensamos?

Bem, na melhor idade temos ônibus e metrô de graça, temos bancos especiais nos meios de transporte, preferência em filas – bancos, cinemas etc. Uma beleza – e temos o estatuto que protege os da melhor idade (só que neste caso, cai a ficha e o que temos é o estatuto dos idosos!)

Mas, na melhor idade temos muitas outras vantagens, além dessas coisinhas de ônibus, metrô e filas. Vamos ver.

Na melhor idade a osteoporose vem com tudo – ela nos aben-

83

çoa e nos dá alegrias com certas dores que nunca tivemos a sorte de sentir antes. E as mulheres na melhor idade são as preferidas da osteoporose. Mas nós os homens também somos atendidos por ela – se temos pele muito branca e para curtirmos para valer a melhor idade, bebemos doses enormes de corticoides. E a osteoporose adora o gosto dos corticoides!

A melhor idade melhora o modo de enxergar o mundo – enxergar o mundo é figurado, não é? – pois os olhos da melhor idade são mais tecnológicos, não mais naturais (ou orgânicos como querem os politicamente corretos de hoje!). Em vez daquelas lentes que vieram com o produto, agora temos tecnologia – cristalinos feitos nos Estados Unidos e colocados por conta da catarata. Mas, há mais – podemos ser abençoados com glaucoma – corticoides de novo – e todos os dias lá vai um colírio para abaixar a pressão. E quem toma corticoide, tem de usar colírio especial, que bendito seja, e para nosso deleite na melhor idade é muito, muito caro. Esqueci de mencionar que os óculos já tiveram grandes mudanças de grau. Tudo delícias da melhor idade.

Mas, uma vantagem da melhor idade – a libido cai (para que fazer sexo? cansava tanto!), os músculos perdem a força, e é preciso fazer muita musculação para fazer os músculos rígidos. Eu como homem tenho uma grande alegria na melhor idade – finalmente posso tomar testosterona com ordem médica e para não deixar a libido a ver navios, agora temos aquele comprimidinho famoso e que não é que está bem mais barato? Tudo prazeres da melhor idade.

Não precisamos mais nos preocupar com as rugas da pele – elas são a grande bênção da melhor idade. É só mantê-las com um pouco de hidratante e protetor solar. O cabelo ficou todo branco – mas é ótimo, pois na melhor idade não vamos gastar dinheiro com tintura. Coisa tão boba! Temos melhor maneira de gastar o dinheiro da

O RIO NA PAREDE

aposentadoria – remédios para prisão de ventre, para diarreia, para tosse, para falta de ar, para a osteoporose, para as câimbras, para a dor das pernas, enfim uma infinidade que a melhor idade nos oferece. E muito mais, melhor parar por aqui com as delícias da melhor idade!

As mulheres na melhor idade têm uma grande vantagem em relação às outras de outras idades – podem recorrer à cirurgia plástica sem pensar que é castigo dos céus. Mas, para que mudar a natureza na melhor idade? Quer coisa mais querida, do que olhar para uma mulher e perceber que seus seios chegaram à maturidade? Mas, se não estiver satisfeita, o silicone repara.

E o horror da melhor idade, é o que comenta uma grande amiga minha – que está na melhor idade – é alguém chegar para você, dar um tapinha no seu ombro e falar: que bonitinho (ou bonitinha).

E paro por aqui, para não me alongar demais.

E sabe o que mais – essas mulheres (e homens) que ficam apregoando as belezas da melhor idade que vão para o inferno!

Título	*O Rio na Parede*
Autor	Gil Felippe
Editor	Plinio Martins Filho
Produção editorial	Aline Sato
Revisão	Plinio Martins Filho
Capa	Tomás Martins
Editoração eletrônica	Fabiana Soares Vieira
Formato	14 x 21 cm
Tipologia	Adobe Garamond Pro e Minion Pro
Papel	Pólen Bold 90 g/m² (miolo)
	Cartão Supremo 250 g/m² (capa)
Número de páginas	88
Impressão e acabamento	Prol Gráfica e Editora